AGATHA CHRISTIE

Los secretos de la reina del crimen

Por Julie Pihard
En colaboración con Gauthier De Wulf
Traducido por Laura Bernal Martín

Arte y literatura 50MINUTOS.es

AGATHA CHRISTIE

- **¿Nombre?** Agatha Mary Clarissa Miller, conocida como Agatha Christie.
- **¿Nacimiento?** Nacida el 15 de septiembre de 1890 en Torquay, Devon (Inglaterra).
- **¿Muerte?** Fallecida el 12 de enero de 1976 en Wallingford, Oxfordshire (Inglaterra).
- **¿Contexto?** La rápida multiplicación y la sucesión de tendencias y movimientos literarios y artísticos en una Europa sacudida por crisis violentas y por dos guerras mundiales.
- **¿Obras principales?**
  - *El misterioso caso de Styles* (1920)
  - *El asesinato de Roger Ackroyd* (1926)
  - *Matrimonio de sabuesos* (1929)
  - *Asesinato en el Orient Express* (1934)
  - *Muerte en el Nilo* (1937)
  - *Diez negritos* (1939)
  - *Se anuncia un asesinato* (1950)
  - *La ratonera* (1952, adaptación teatral de la novela corta *Tres ratones ciegos* de 1948)

Todo el mundo conoce a Agatha Christie. Cuando

se pronuncia su nombre, resulta imposible no pensar en sus héroes más famosos, Hércules Poirot y Miss Marple, así como en sus muchos superventas, desde *El asesinato de Roger Ackroyd* hasta *Diez negritos*. La reina del crimen, como se la llama a menudo, es de hecho una de las mujeres más famosas del universo de las letras, y una de las más leídas y traducidas. Aunque no siempre fue apreciada por la crítica, lo cierto es que cosecha un inmenso éxito popular gracias a su pluma prolífica y talentosa. A día de hoy sigue siendo la autora más famosa de novelas policíacas.

Codificando el género hasta el punto de tipificarlo, impone su propia manera de escribir dentro de una tendencia muy de moda y contribuye en gran medida a moldear la forma bajo la que hoy en día se conoce este tipo de novela. Sin embargo, logra explotar el género policíaco de una forma diferente cada vez, de manera que no deja de sorprender a un lector que, embrujado, pide cada año un «Christie for Christmas» (un «Christie para Navidad»). La capacidad de renovación de la autora, unida a su don para el suspense, para la sutil diseminación de las pistas y para la sorpresa que se revela al final atraen al público en todo momento. En el caso de Agatha Christie, por supuesto, de nada sirve preguntarse por qué su vasta producción, cuyo éxito nunca se ha puesto en entredicho, sigue vendiéndose y leyéndose con la misma facilidad que antaño, o por qué la cantidad de apasionados por su obra no para de crecer.

CONTEXTO

UN SIGLO DE CRISIS Y CONFLICTOS MUNDIALES

En los albores del siglo XX no hay nada que presagie realmente los desastres que están a punto de desencadenarse. El comienzo del siglo está marcado por el entusiasmo, el culto a la originalidad, el triunfo de la modernidad y el progreso en todos los ámbitos (científico, artístico, social y económico). Sin embargo, están surgiendo rivalidades entre ciertos países europeos y el nacionalismo aumenta.

En este contexto, un acontecimiento es suficiente para provocar el estallido de la guerra: el 28 de junio de 1914, un anarquista serbio asesina al heredero del trono austrohúngaro, el archiduque Francisco Fernando de Habsburgo (1863-1914). Con el apoyo de Alemania, Austria-Hungría exige venganza, obligando a todos a elegir un bando y a luchar. Aunque el conflicto — que enfrenta esencialmente a Francia, el Reino Unido y Rusia contra la coalición formada por Alemania y Austria-Hungría— se desarrolla principalmente en Europa, sus repercusiones se hacen notar en todo el mundo. Durante los cuatro años que dura la Gran Guerra, 9 millones de personas mueren y cerca de 20 millones resultan heridas. El conflicto termina en 1918 con el colapso de cuatro grandes imperios (alemán, ruso, austro-húngaro y otomano), que reconfiguran el mapa de Europa. La población, profundamente debilitada, se propone disfrutar de la vida.

Sin embargo, la euforia y el alivio duran poco. La crisis económica de 1929, unida al auge del totalitarismo en varios países europeos, sume al Viejo Continente en la agitación. El 1 de septiembre de 1939, Alemania invade Polonia. Como reacción y tan solo dos días después, Francia y el Reino Unido le declaran oficialmente la guerra. Una vez más, el conflicto adquiere una dimensión global: Japón se une rápidamente a Alemania, mientras que los Estados Unidos y la URSS unen sus fuerzas con sus oponentes. Además de los combates, esta vez también se cometen crímenes masivos organizados por Alemania en campos de concentración y de trabajo nazis contra judíos, gitanos y otras minorías. En total, la Segunda Guerra Mundial acaba con la vida de entre 50 y 70 millones de personas. Durante los seis años que dura el conflicto, en Inglaterra, el Gobierno de Winston Churchill (1874-1965) lucha activamente contra el Eje (el nombre dado a la alianza formada por Alemania, Italia y Japón) y principalmente contra la Alemania de Hitler. Finalmente, el Tercer Reich capitula el 8 de mayo de 1945, seguido por Japón el 2 de septiembre de ese mismo año.

Esta guerra de indecible violencia traumatiza considerablemente a la población y afecta durante mucho tiempo a las ideologías, los valores y las estructuras de pensamiento de la gente. Los Estados Unidos y la URSS, los dos grandes vencedores del conflicto, afirman su superioridad sobre los otros países, al tiempo que descubren fuertes oposiciones ideológicas y políticas (capitalismo contra comunismo). Estos antagonismos dan lugar a la Guerra Fría (1947-1991), que marca la historia mundial durante los siguientes 45 años.

En Inglaterra, después de la Segunda Guerra Mundial, el Partido Laborista vuelve al poder, prometiendo importantes innovaciones en el área de la salud, la protección social y los servicios. Después de varios años de austeridad, el ocio se vuelve cada vez más popular y accesible (vacaciones, televisión, centros comerciales, etc.). Los años sesenta también se caracterizan por un cambio importante en el sistema educativo y por una gran libertad moral. Sin embargo, durante los años setenta, la despreocupación de la década anterior da lugar a nuevos conflictos que enfrentan al país contra los independentistas de Irlanda del Norte, así como a una crisis energética de gran alcance provocada por la crisis del petróleo de 1973. Agatha Christie muere antes de conocer las austeras reformas que la primera ministra Margaret Thatcher (1925-2013) impone a su país para salir de este punto muerto.

LA MULTIPLICACIÓN DE LAS TENDENCIAS Y EL ÉXITO DE LA NOVELA POLICÍACA

En términos literarios, después de más de un siglo de interés por el romanticismo, la literatura social al estilo de Dickens (1812-1870) y las novelas psicológicas como las de las hermanas

Brontë (Charlotte, 1816-1855, Emily, 1818-1848, y Anne, 1820-1849), Inglaterra se orienta a finales del siglo XIX hacia nuevos géneros menos tradicionales: la novela policíaca, el relato fantástico, la literatura infantil y el teatro anticonformista. Posteriormente, como consecuencia indirecta de las dos guerras mundiales, surgen muchos interrogantes en el campo cultural y artístico. En el ámbito de la literatura nace una escritura del absurdo, un corolario de la pérdida de la fe en el futuro, así como los temas de la deshumanización y la despersonalización, que desempeñan un papel cada vez más importante en las obras. Algunos escritores también exploran nuevas vías, como la ciencia ficción (cuyo pionero es Aldous Leonard Huxley, 1894-1963) y la fantasía (con John Ronald Reuel Tolkien, 1892-1973, como autor principal).

Sin embargo, paralelamente a estas evoluciones culturales, la novela policíaca sigue estando ampliamente representada a lo largo del siglo XX y, aún hoy en día, sigue manteniendo un éxito constante. Aunque se pueden encontrar rastros del género ya en la Antigüedad, lo cierto es que se desarrolla realmente a finales del siglo XIX, como resultado de la urbanización, el surgimiento de la clase obrera, el aumento del crimen, el desarrollo de la policía y el progreso de la ciencia de la razón y de la criminalística. El verdadero pionero de la novela policíaca es sin duda alguna el escritor norteamericano Edgar Allan Poe (1809-1849), imitado por muchos, empezando por los autores franceses de las novelas por entregas, que fueron maestros en el arte del suspense y de los giros de la trama. Ejemplos de ello son Émile Gaboriau (1832-1873) con *El caso Lerouge* (1866) y Gaston Leroux (1868-1927) con *El misterio del cuarto amarillo* (1908). En Inglaterra, *sir* Arthur Conan Doyle (1859-1930) inicia el género con la creación en 1887 de dos personajes que marcarán un hito en la historia literaria: el detective Sherlock Holmes y su acompañante, el Dr. Watson. Tras él aparecen numerosos continuadores, siendo Agatha Christie la más famosa.

Los ingredientes esenciales de la novela policíaca incluyen misterio, suspense, crimen, uno o varios culpables, sospechosos y víctimas, pistas, evidencias, investigador e investigación. Pero el género es extremadamente vasto y está subdividido en diferentes subgéneros, cada uno con sus propias especificidades. Además, en primer lugar, el género policíaco se interesa más por los relatos breves para adentrarse en los años veinte en el ámbito de la novela. Esto permite a los autores profundizar en los detalles de sus investigaciones, dirigir a sus lectores hacia pistas falsas, etc. Después de varias fases de búsqueda estructural, el descubrimiento del culpable se convierte en el objetivo principal de las novelas policíacas: los escritores dejan de molestarse por crear personajes y atmósferas llamativas, y tampoco se preocupan por cuestiones de estilo —lo que les vale muchas críticas—. Sin embargo, la irrupción de Agatha Christie en este género supone su renovación: la novela policíaca ha encontrado una nueva maestra.

BIOGRAFÍA

UN COMIENZO INCIERTO

| Retrato de Agatha Christie.

Agatha Christie, nacida como Agatha Mary Clarissa Miller, nace el 15 de septiembre de 1890 en Torquay (Devon). La escritora, que tiene dos hermanos mayores, pierde a su padre Frederick Alvah Miller (1846-1901) cuando solo tiene 11 años de edad. Vive una infancia tranquila y acomodada en Inglaterra, protegida por su madre, Clarissa Margaret Boehmer (1855-1926), que forma parte de la clase media alta y vive de las rentas de su difunto esposo. Es ella quien educa a Agatha Christie y la anima a leer y escribir: la niña crea poemas y cuentos muy pronto, y enseguida se hace evidente su facilidad para inventar historias. A los 16 años se traslada a París para estudiar canto y música con el objetivo de hacerse un hueco en el mundo de la ópera, pero su voz aguda y su gran timidez le impiden continuar en esta dirección. De regreso de París, viaja con su madre a El Cairo y después regresa a casa. Allí, animada por su madre y por el novelista Eden Phillpotts (1862-1960), un amigo, escribe una primera novela —que nunca se publicará— y algunas historias.

Sus inicios literarios son inciertos: escribe mucho y trata diferentes géneros (sobre todo teatro, poesía y cuentos mórbidos), pero le cuesta mucho encontrar editores para sus obras. Poco antes de la guerra, conoce a un aviador de la Real Fuerza Aérea británica, Archibald Christie (1889-1962), con el que se promete y que le dejará su célebre apellido. Se casan en 1914, justo antes de que el joven acuda a Francia para servir a su país. Por su parte, la aprendiz de escritora estudia Farmacia y trabaja en un hospital militar durante toda la guerra, lo que explica los extensos conocimientos toxicológicos de los que hace gala en sus novelas. Durante el conflicto está demasiado ocupada para escribir pero, después de una apuesta con su hermana Madge, idea la trama de una novela policíaca que escribe después de la guerra y que se publica en 1920: *El misterioso caso de Styles*.

ENTRE EL TORMENTO PERSONAL Y EL ÉXITO LITERARIO

Agatha Christie encuentra su camino, el de la novela policíaca, gracias a esta obra. El año 1926 es particularmente decisivo para la autora: mientras que su carrera literaria va viento en popa —acaba de publicar su séptima novela,

El asesinato de Roger Ackroyd, que asienta su éxito y la convierte en la autora por excelencia de novelas policíacas—, su vida personal se descarrila. Después de tener una hija llamada Rosalind (1919-2005), su marido le anuncia que quiere dejarla por otra mujer. Al mismo tiempo, muere su madre. Estos dos acontecimientos dejan a Agatha Christie completamente indefensa y perdida. El 3 de diciembre de 1926, desaparece: la prensa rápidamente se hace con el caso elaborando numerosas hipótesis, y el público se apasiona por la investigación. La escritora es encontrada 12 días más tarde en una localidad costera de Yorkshire, afectada por una amnesia transitoria.

En 1928 se divorcia de Archibald Christie. Le cuesta mucho recuperarse psicológicamente pero, por suerte, poco después conoce al arqueólogo *sir* Max Edgar Lucien Mallowan (1904-1978), quince años menor que ella, durante un viaje a Bagdad. Se convierten en amigos y se ven regularmente hasta que se casan en 1930. A partir de ese momento, la escritora acompaña a su marido en varias ocasiones en sus viajes profesionales a Oriente Próximo y Oriente Medio, cuyo escenario le proporciona material para varios relatos, como *Asesinato en Mesopotamia* (1936) y *Muerte en el Nilo* (1937). Además, la ausencia de distracciones le proporciona la calma que necesita para escribir y produce muchas novelas. La década de 1930 es la más productiva, y es en estos años cuando publica la mayoría de sus grandes obras maestras, entre ellas *Asesinato en el Orient Express* (1934) y *Diez negritos* (1939). El éxito de sus obras no para de crecer, y todas se convierten, una tras otra, en superventas que se venden en series en revistas. Además, se traducen a más de 100 idiomas.

HOMENAJES Y FALLECIMIENTO DE UNA GRAN DAMA

Durante la Segunda Guerra Mundial, mientras su marido viaja a Egipto para ayudar a los Aliados en la lucha contra el Afrikakorps nazi, Agatha Christie permanece en Inglaterra, donde sigue escribiendo al tiempo que retoma su trabajo de auxiliar en un hospital británico. El contexto político influye discretamente en su escritura y la autora incluso denuncia, en algunas de sus novelas, la ideología nazi.

También en esta época escribe las dos novelas que acaban con la carrera de sus principales detectives, Hércules Poirot (en *Telón*) y Miss Marple (en *Un crimen dormido*), para impedir que otros continúen la historia de sus héroes en su lugar, pero también para proteger a su marido e hija en caso de que no sobreviviera al conflicto bélico. Ambas obras, guardadas en una caja fuerte en el banco, se publican póstumamente en 1975 y 1976, respectivamente.

Durante los treinta años posteriores al final de la guerra, la autora, que llega incluso a ser nombrada Comandante de la Orden del Imperio Británico en 1956 y recibe el título de «Dama» en 1971, sigue cosechando éxito. A lo largo de su carrera publica entre una y dos novelas al año e, incluso después de celebrar su 80 cumpleaños, Agatha Christie continúa escribiendo cada año lo que los editores llaman «A Christie for Christmas». Sus obras también se adaptan a la pequeña y gran pantalla.

Muere por causas naturales el 12 de enero de 1976 en su residencia de Wallingford (Oxfordshire) y es enterrada en el cementerio de Cholsey. Cuando fallece, Winston Churchill pronuncia la famosa frase: «¿Agatha Christie? ¡La única mujer a la que el crimen le ha dado sus frutos!»[1] (Deleuse 1991).

| Piedra sepulcral de Agatha Christie y Max Mallowan en Cholsey.

---

1. Cita traducida por 50Minutos.es

Aunque Agatha Christie debe su éxito casi en su totalidad a sus 67 historias policíacas, no hay que olvidar que también destaca en otros géneros: es autora de una treintena de antologías de relatos breves, de algunos poemas, de dos obras autobiográficas (*Ven y dime cómo vives* en 1946, y *Autobiografía*, terminada en 1965 pero publicada póstumamente en 1977), de varias obras de teatro (a menudo adaptaciones de sus novelas), así como de seis novelas sentimentales publicadas bajo el nombre de Mary Westmacott (como *Lejos de ti esta primavera*, en 1944, y *La rosa de sangre*, en 1947). Estas obras también son muy apreciadas: como prueba, Christie es la única dramaturga que ha visto tres de sus obras sobre los escenarios al mismo tiempo en Londres.

CARACTERÍSTICAS

DOS FUENTES PRINCIPALES DE INSPIRACIÓN

Para sus relatos detectivescos, en los que nos centraremos, Agatha Christie tiene dos fuentes principales de inspiración. La primera es literaria: se trata de los autores que sientan las bases de la novela policíaca, y en particular, de *sir* Arthur Conan Doyle. Aunque la escritora reorganiza profundamente el género, depende de lo que se hizo antes que ella. Así, toma prestada de sus predecesores la trama narrativa doble, que gira en torno a la investigación criminal y policial, la puesta en escena de un detective profesional o la presencia de un acompañante que comenta los hechos. Entre los muchos subgéneros que componen la novela policíaca, Christie se sitúa en la línea de las novelas de misterio, basadas en la elucidación de un crimen inexplicado, a menudo cometido en un lugar cerrado. El propósito de la investigación es por lo tanto determinar quién es el culpable a través de una serie de observaciones e inferencias. Agatha Christie aparece pues como representante de la corriente de *whodunit* («quién lo ha hecho»), opuesta a la tendencia del *what'sgunon* («qué está pasando») (Deleuse 1991), aunque las dos cuestiones siguen estando estrechamente relacionadas.

Su segunda gran fuente de inspiración es simplemente la vida real y los viajes que hace, algo con lo que disfruta mucho. Su don de observación le permite describir con realismo, precisión y exactitud las personalidades de sus personajes (a menudo procedentes de la sociedad victoriana inglesa: damas excéntricas, jóvenes ingenuas, policías jubilados, artistas de moda, oficiales de las Indias, etc.), así como su vida cotidiana y sus hábitos. Según sus seres cercanos, a veces cuando volvía de la panadería o de la peluquería, recogía y escribía en un cuaderno todas las conversaciones interesantes e inspiradoras que había escuchado. Luego grababa todo en un dictáfono para asegurarse de no perder nada de este valioso material.

Por último, Christie se inspira con frecuencia en sucesos u otros acontecimientos significativos de su época. El ejemplo del personaje belga Hércules

Poirot es particularmente representativo a este respecto: para crear a su famoso investigador, la autora se inspira en los numerosos refugiados belgas que llegan a Inglaterra para encontrar refugio durante la Primera Guerra Mundial.

NUEVAS NORMAS PARA LA NOVELA POLICÍACA

Un «código de creación» único

Sin embargo, si la escritora hubiera reproducido simplemente lo que se había hecho antes, probablemente no habría tenido tanto éxito. De hecho, es Agatha Christie la que establece las principales reglas de la narrativa policial tal y como la conocemos hoy en día y quien las impone al público y a los escritores que la siguen.

En primer lugar, realiza todo un trabajo experimental sobre la forma y estructura de la novela policíaca, hasta que crea una especie de «código de creación», al que simplemente añade una u otra variante para componer una nueva novela. Sus reglas son siempre las mismas: una muerte sospechosa tiene lugar en un lugar cerrado concurrido por un reducido número de personajes, y un detective perspicaz y lógico que se encuentra ahí por casualidad explora las diversas pistas (falsas) antes del llegar al desenlace, que a menudo toma la forma de una larga perorata. La originalidad de Christie radica, por tanto, en su capacidad para desviarse de una manera original e inusual de la norma, jugando con las reglas y burlándose de los límites del género policial.

Un enfoque psicológico

Su trabajo también atestigua un nuevo sentido del suspense hasta entonces inédito: para la autora, no existe el asesino arquetípico, sino que todo el mundo puede ser culpable. Defiende que hasta la persona más respetable puede actuar llevada por la ira o el miedo. A partir de entonces, se interesa más en los móviles de los crímenes que en las pruebas de que estos se han cometido, transmitiendo así una nueva concepción del asesinato: ya no se trata simplemente de un hecho que se produce en un lugar y momento determinados, sino de un acontecimiento condicionado por la historia de la víctima y por la del asesino. Entonces, sus tramas tienen más en cuenta el aspecto psicológico, lo que las diferencia claramente de lo que producían hasta entonces los escritores del género. En las novelas de Agatha Christie, el detective investiga en detalle la personalidad y la historia de todos los sospechosos.

El juego con el lector

Esta investigación psicológica también permite a la autora introducir una de las claves de su éxito, a saber, una especie de juego entre ella y el lector o, más bien, una especie de competición: ¿quién de los dos resolverá antes el caso? Muy a menudo, el lector pierde la partida ante la reina del crimen. Sin embargo, este juego impone una nueva regla a Agatha Christie, que es la de la honestidad: no puede hacer trampas, y todos los elementos necesarios para elucidar la investigación deben encontrarse imperativamente en el texto. Sin embargo, aunque no se esconde nada, todo se cuestiona para confundir al lector y dejar que el suspense dure hasta el final. La autora, una suerte de *deus ex machina*, le ofrece después la solución en bandeja, demostrando así su superioridad.

Christie le debe en realidad su fama a todos estos

ingredientes más que a cualquier otro aspecto de sus relatos. De hecho, estos se mantienen, independientemente de las innovaciones que aporte al género policíaco, bastante cerca de un cierto clasicismo no desprovisto de sentido comercial. La autora tiende a respetar la regla de las tres unidades (acción, tiempo y lugar: un detective se ocupa de un caso, la duración de la historia se limita al tiempo de la investigación, y esta a menudo tiene lugar en una propiedad privada o familiar, un tren, un barco, una isla, etc.), los personajes principales están a veces tan caricaturizados que apenas son creíbles, el ambiente es bastante plano (la mayor parte del tiempo carece de la angustia que caracteriza a otros textos del género) y el lenguaje es relativamente simple.

OBRAS SELECCIONADAS

EL ASESINATO DE ROGER ACKROYD

El asesinato de Roger Ackroyd, escrito en 1926, se publica ese mismo año en el Reino Unido. Se trata de la séptima novela de la autora y es considerada una de sus obras maestras, además de contribuir en gran medida a un éxito que no hacía más que comenzar. En 1927 se traduce y se publica en Francia.

Roger Ackroyd es asesinado en un pequeño pueblo británico salido de la imaginación de Christie. Hércules Poirot, un detective jubilado residente en el mismo, dirige la investigación con el doctor Sheppard, el médico del pueblo, que también es el narrador. Amigo de la familia Ackroyd, es un testigo lúcido y describe al lector todas las etapas de la trama, desde los interrogatorios hasta la búsqueda de pistas y las múltiples fases de reflexión de Poirot. El giro final tiene lugar en los últimos dos capítulos, donde se descubre que el propio Sheppard mató a Ackroyd. Finalmente, ante la perspectiva de la cárcel, el médico decide suicidarse.

Esta obra suscita en su época mucha polémica y controversias, ya que transforma por completo las reglas de la novela de misterio tal y como se escribían en aquel entonces. Christie sorprende y escandaliza al convertir en criminal a una persona como cualquier otra, a un ser cercano a la víctima y, además, de buena familia, y ya no a un forastero, a un loco maníaco y perturbado. Al público le encanta, pero la crítica clama a favor de la manipulación y de la mentira: algunos no dudan en divulgar el desenlace del libro, acabando así con todo suspense. Sin embargo, a pesar de su impresión de haber sido engañados, los críticos se equivocan. Agatha Christie no oculta nada a sus lectores, sino que se contenta con dejar dudas en el aire y difundir pruebas verdaderas bajo el disfraz de técnicas de manipulación perfectamente controladas. Por un lado, se trata de un señuelo narrativo extremadamente elaborado: en las novelas policíacas tradicionales, el «yo» que da testimonio es necesariamente diferente del «yo» que actúa, lo que, a juicio del lector, excluye al doctor Sheppard de la lista de sospechosos (erróneamente, por supuesto). Por otra parte, la autora crea un hábil juego al disponer aquí y allá reflexiones a primera vista banales, pero que sin embargo están llenas de ambigüedad. Este es el caso, por ejemplo, de las declaraciones del narrador cuando afirma que se fue diez minutos después, habiendo hecho todo lo que tenía que hacer»[1].

Con esta obra, también presenta lo que hace que su obra sea original y lo que le otorga la fama: el arte de mostrar los vicios ocultos del hombre de una manera sorprendente y el de hacer que la persona menos probable cometa un crimen, manteniendo el suspense hasta el final. También muestra que entre los personajes de autor, lector, narrador, detective, víctima, testigo y asesino, los límites son finos, casi traslúcidos, y los roles son fácilmente permutables. El lector está más entusiasmado que nunca.

ASESINATO EN EL ORIENT EXPRESS

Asesinato en el Orient Express, supuestamente escrito en 1933, se publica el 1 de enero de 1934 en el Reino Unido, antes de traducirse y publicarse en francés ese mismo año. También es una de las novelas de éxito de Christie: se ha traducido

---

1. Cita traducida por 50Minutos.es

a más de 30 idiomas y se ha adaptado en muchas ocasiones al cine, la radio, la televisión, el cómic o los videojuegos.

Hércules Poirot, que se encuentra de viaje en Estambul, recibe una llamada de emergencia de Londres y compra un billete de última hora para el Orient Express. Durante la primera noche en el tren, un hombre rico estadounidense, el señor Ratchett, es asesinado: recibe 12 puñaladas de intensidad y fuerza distintas. A petición del director de la empresa, que también es amigo suyo, Poirot lleva a cabo la investigación, entrevistando a todos los pasajeros del vagón e investigando a la propia víctima. Se entera de que esta viajaba con una identidad falsa y de que era culpable de secuestrar y asesinar a un niño. Después de muchas investigaciones, el detective reúne a todos los pasajeros en el coche comedor para revelar que en realidad… ¡todos son culpables! Todos eran personas cercanas al niño fallecido y unieron sus fuerzas para asesinar al señor Ratchett. Poirot decide dejarlos marchar sin denunciarlos.

Para esta novela, Christie se inspira en dos hechos reales: el secuestro de un niño estadounidense en 1932 (el caso sigue sin resolverse en el momento en el que escribe su obra) y la inmovilización durante seis días en Turquía del Orient Express debido a una violenta tormenta de nieve en 1929. Además, sus numerosos viajes a bordo del famoso tren le permiten describir el lugar y su atmósfera con gran detalle.

Una vez más, la autora efectúa una variación sobre el tema de «sospechoso el menos sospechoso», mientras reparte por toda la novela todas las pistas necesarias para resolver la investigación. Sin embargo, al lector le cuesta mucho adivinar el final de la historia. De hecho, aunque las pruebas cambian y acusan a prácticamente todos los sospechosos, uno tras otro, resulta inconcebible para el público de la época que todos los viajeros sean culpables. Por último, además del tema del crimen, que obviamente es específico de la novela policíaca, se plantean otros como la venganza, las mentiras, la justicia personal y la conspiración solidaria —que aquí prevalece sobre las diferencias ligadas a la nacionalidad y a la clase social—. A todo esto hay que añadir que los diálogos son animados, que la investigación se realiza con precisión y rigor, y que toda la novela está dotada de un humor agudo que ayuda sin duda a su éxito.

Hércules Poirot

Hércules Poirot es uno de los protagonistas de Agatha Christie y en él recae el papel de investigador en la mayoría de sus novelas. Es un detective privado y policía jubilado, pero continúa resolviendo enigmas por placer o como un favor. A primera vista, no tiene nada que pueda agradarle al público: es un hombre bajito y fuerte, afectado y endomingado con un bigote reconocible entre un millón y cercano a lo grotesco. También es arrogante y pedante. Sin embargo, está dotado de una perspicacia y de una mente racional y deductiva perfecta, y le encanta observar las cosas objetivamente y poner a trabajar sus neuronas. Pero aunque es más bien detestable —no hay que olvidar que Christie no pretende crear personajes carismáticos—, la fuerza de la costumbre y su lado ridículo contribuyen a que los lectores se apeguen a él. También hay que añadir que no carece de empatía y que es un hombre de valores. Es tan famoso que cuando muere, el 6 de agosto de 1975, se crea un obituario en su honor en el *New York Times*.

| Estatua de Hércules Poirot en Ellezelles, Bélgica.

DIEZ NEGRITOS

Diez negritos (*Ten Little Niggers*, también llamada *Ten Little Indians* y *And Then There Were None* en los Estados Unidos) se escribe y se publica en 1939 en el Reino Unido, antes de ser traducida al francés al año siguiente. Es la novela policíaca más vendida del mundo y la sexta más vendida de todos los géneros. También está incluida en varias listas que reagrupan las mejores novelas policíacas y ha sido adaptada muchas veces, especialmente al teatro y al cine.

Diez personajes *a priori* inocentes son invitados a una isla donde nadie los recibe. Aparentemente solos, son asesinados uno tras otro, cada vez de una manera diferente y correspondiente a la letra de cada uno de los diez estrofas de una cancioncilla infantil que aparece a lo largo de los capítulos (la primera estrofa reza: «Diez negritos se fueron a cenar./Uno se ahogó y quedaron:/ Nueve», Christie 2009). A medida que los asesinatos avanzan, nos enteramos de que todos los personajes son culpables de crímenes que la justicia no ha podido castigar. Hasta el final, el lector ignora al asesino, y todos los huéspedes de la isla acaban muriendo (el último se suicida) sin que se conozca la identidad del culpable. En el epílogo, dos inspectores lo investigan, pero dejan el caso sin resolver. La solución al rompecabezas se revela cuando se recupera una botella del mar que contiene las confesiones de una de las «víctimas», el juez Wargrave, quien admite haber fingido su muerte, cometido o causado todos los asesinatos, y que luego se suicida de una manera ingeniosa.

Como ya hace en *Asesinato en el Orient Express*, la autora coloca el móvil del crimen en un lugar cerrado –cabe señalar que la isla del Negro realmente existe y se encuentra en Devon– y sorprende, una vez más, por su ingenio: esta vez tenemos diez víctimas, pero ningún asesino o investigador. La investigación la lleva a cabo el lector a medida que se suceden los asesinatos, o al menos eso es lo que Christie quiere que creamos. De hecho, el lector es manipulado por el propio asesino, que finge su muerte, y no sospecha ni un momento cuál será el final de la historia. Pero, ¿qué podría ser más normal para un juez que juzgar a sus semejantes y condenarlos a muerte?

Esta novela policíaca, a diferencia de los otros

textos de Christie, es casi un *thriller* psicológico, en la medida en que está impregnada de la angustia y el terror de los habitantes de la isla: se desconoce la identidad del asesino, nadie puede esconderse, las precauciones son inútiles y los asesinatos nunca cesan. Esta atmósfera de miedo, abrumadora, hace temblar al lector y le hace contener el aliento hasta el final. La cancioncilla infantil fue realmente compuesta en 1869 por Frank J. Green, que la adaptó de una composición de Septimus Winner (1827-1902), *Ten Little Indians* (1868). Christie simplemente modifica las últimas palabras para que encajen con su complot criminal.

SE ANUNCIA UN ASESINATO

Se anuncia un asesinato se publica en Inglaterra en 1950 y en Francia en 1951. Se trata del quincuagésimo libro firmado por Agatha Christie y, a menudo, se considera la mejor novela con Miss Marple como detective, tanto por su trama ingeniosa como por la habilidad con la que se construye.

Poco después de la Segunda Guerra Mundial, en una aldea inglesa, aparece un anuncio en el periódico local anunciando la fecha, hora y lugar de un asesinato que aún no se ha cometido. Todos los habitantes creen que se trata de una broma y acuden al lugar anunciado el día indicado y a la hora prevista: entonces se hace de noche y se oyen disparos. Cuando vuelve a haber luz, un extraño yace en el suelo, muerto, con una pistola en la mano. Aunque todos terminan pensando que ha sido un accidente, Miss Marple lo ve como un asesinato, quizás cometido contra la persona equivocada. Al final de la investigación, nos enteramos de que la dueña del lugar, *a priori* el objetivo del asesino, no es quien dice ser y ha tomado el lugar de su difunta hermana para apropiarse de su herencia. Los asesinos son en realidad gemelas que también han asumido una identidad falsa y están decididas a recuperar por la fuerza la herencia de su tío, de la que les han despojado.

Como suele ser el caso en las obras de Agatha Christie, el lector se confunde con los robos de identidad y otras mentiras de todo tipo. El estilo de la autora difiere un poco del habitual, sin embargo, ya que se ve constreñida por el uso de otro héroe que no es Poirot, a saber, Miss Marple: la revelación final, en particular, no toma la forma de un monólogo monocorde al estilo Poirot, sino que tiene lugar en el corazón mismo de los acontecimientos. Aquí, el asesino se traiciona a sí mismo tras caer en una trampa.

Con este libro, la autora vuelve a revolucionar la tradición de la novela policíaca, sobre todo por el contexto de la historia: en vez de tener lugar en el centro de la ciudad, como la mayor parte de las historias de suspense (por ejemplo, las de Conan Doyle), esta novela sitúa su trama en medio del campo, en un pequeño pueblo desconocido —como en *El asesinato de Roger Ackroyd* y en muchas otras novelas de Christie—. En este caso los afectados son personas mayores, el día a día se ve profundamente trastornado y se interpretan rumores que corren por el pueblo.

La atmósfera cerrada capta la atención del lector hasta el último momento: todo el mundo es sospechoso y la tensión no hace más que aumentar a medida que se hacen los descubrimientos. Por lo tanto, lo importante es hurgar en el pasado de los personajes para identificar al culpable, que no es ni más ni menos que todo el mundo. Aquí, el suspense se crea incluso antes de que se produzca el asesinato gracias al anuncio publicado en el periódico y no abandona al lector hasta el sorprendente final. Tanto es así que algunos le reprochan una vez más a Christie su falta de realismo y la complejidad de su complot, que hace que sea prácticamente imposible identificar al criminal.

MISS JANE MARPLE

La otra investigadora más conocida de Agatha Christie tiene un estilo muy distinto al de Poirot. Miss Marple, una distinguida y excéntrica anciana a la que le encanta hacer punto y chismotear, aparece por primera vez en *Muerte en la vicaría* (1930) y está presente casi siempre en los relatos cortos escritos para revistas (según Christie, este personaje está más adaptado a las historias cortas). Con todo, protagoniza 12 novelas de la autora. Miss Marple tiene la costumbre de estudiar los crímenes analizando el microcosmos en el que viven los sospechosos, trabaja intuitivamente y se basa en una filosofía muy sencilla: «La naturaleza humana es la misma en todas partes» (Bermúdez 1984, 255). Para resolver las investigaciones, recurre sobre todo a su memoria, a su experiencia y a su conocimiento del ser humano y de sus pasiones.

AGATHA CHRISTIE, UNA FUENTE DE INSPIRACIÓN

Como hemos dicho, Agatha Christie desempeña un papel importante en la renovación de la novela de suspense y en el establecimiento de lo que todavía hoy consideramos la norma en el género de la novela policíaca —a pesar de que para ello tiene que enfrentarse a muchas críticas—. Además, es ella la que enfoca la novela policíaca hacia la psicología, contribuyendo así a la diversificación del género. Así, tenemos que agradecerle de alguna forma el que hoy observemos elementos de fondo característicos del género (crimen, investigación, víctima, culpable, giros de la situación, etc.) en toda clase de novelas, y ya no necesariamente policíacas.

Su éxito popular fue (prácticamente) inmediato. Además de aparecer en todas las listas de mejores novelas, Christie es la autora más traducida del mundo después de William Shakespeare

(1564-1616) y excluyendo la Biblia. Son muchos los autores que han seguido su ejemplo, y su influencia se ha extendido a todos los continentes hasta llegar a nuestros días. Ha inspirado y fascinado a generaciones enteras de escritores de novelas policíacas —¿o deberíamos decir a todos los escritores del género?— gracias a su sentido de la intriga, a sus construcciones casi perfectas y a la forma en que moldea su eficaz narrativa.

La obra de Agatha Christie sigue teniendo éxito comercial, al igual que la novela policíaca en general, aunque ahora se enfrenta al reto de la novela negra y la novela de espías. Aunque sus primeras obras ya no entran dentro de los cánones de la moda actual, sobre todo debido a ciertos personajes secundarios (como el capitán Hastings, acompañante de Poirot) y al ambiente burgués inglés (que aún incluye sirvientes y casas de campo) que ya no se corresponde con la realidad actual, poseen un sutil encanto debido a su atmósfera específica.

Las obras de Agatha Christie se han copiado a menudo, pero nunca se han igualado. Además, han sido adaptadas en numerosas ocasiones. En el teatro, cabe destacar, en particular, *Diez negritos* (1943) y *La ratonera* (1952), dos obras adaptadas por la propia Christie —esta última ostenta el récord de actuaciones consecutivas (más de 23 000)—. Las adaptaciones cinematográficas incluyen *Diez negritos* (1945) de René Clair (1898-1981), *Testigo de cargo* (1957) de Billy Wilder (1906-2000) y *Asesinato en el Orient Express* (1974) de Sidney Lumet (1924-2011), una película aplaudida por la propia autora. En televisión, encontramos *Spider's Web* (1982) de Basil Coleman (1916-2013) o *Cianuro espumoso* (1983) de Robert Michael Lewis, pero también series de televisión como *Matrimonio de sabuesos* (1983-1984), *Agatha Christie: Poirot* (1989-2013) y *Los pequeños asesinatos de Agatha Christie* (desde 2009). Además, series policíacas exitosas como *Mentes criminales* (desde 2005), e incluso otras de temas médicos (*House*, 2004-2012) también pueden considerarse herederas de las historias de Agatha Christie debido a su construcción, a su sentido del suspense y a la puesta en escena del desenlace final. Finalmente, también existen adaptaciones de obras de la reina del crimen al cómic: en la colección Le Masque présente Agatha Christie de la editorial Claude Lefrancq (1995-1997) se han publicado 5 álbumes adaptados de novelas de Christie, que han sido reeditados en 2002 en la colección Agatha Christie de Emmanuel Proust Éditions, que cuenta a día de hoy con unos 25 álbumes.

EN RESUMEN

- Agatha Christie, conocida como la reina del crimen, revoluciona por completo el género de la novela de misterio y contribuye a codificar la narrativa policíaca tal y como se conoce hoy en día. Cosecha tal éxito que es la autora más traducida del mundo después de Shakespeare y excluyendo la Biblia.

- Sin embargo, comienza a escribir casi por casualidad, animada por los que la rodean y respondiendo a un desafío de su hermana. Pero una vez que empieza no vuelve a parar, y resulta ser extremadamente prolífica hasta su muerte. Crea dos famosos personajes detectivescos: Hércules Poirot y Miss Marple.

- Agatha Christie tiene dos fuentes principales de inspiración. La primera es literaria: se trata de los autores que sientan las bases de la novela policíaca, en particular de *sir* Arthur Conan Doyle. La segunda es simplemente la vida cotidiana, sus muchos viajes y la sección de sucesos de la prensa.

- Sin embargo, si simplemente hubiera repetido

lo que se había hecho antes, seguramente no habría tenido tanto éxito. Una de sus principales innovaciones radica en haber introducido una fuerte dimensión psicológica en la novela de misterio: con ella, todo el mundo puede ser culpable, por lo que el investigador se interesa más en el móvil del crimen que en las pistas. Así es como Christie consigue que el lector contenga el aliento hasta la revelación final, que nos suele demostrar que el criminal es el que menos sospechas despertaba.

- Sin embargo, aunque es honesta hasta el final en sus novelas, deja dudas en el aire y, lejos de ocultar las pistas, las difunde para crear un juego de competición con el lector, desafiándolo a encontrar la clave del enigma antes de que se le revele.
- Entre sus novelas policíacas más famosas cabe destacar *El asesinato de Roger Ackroyd*, *Asesinato en el Orient Express*, *Muerte en el Nilo*, *Diez negritos* o *Se anuncia un asesinato*.

¡Tu opinión nos interesa!
¡Deja un comentario en la página web de tu
librería en línea,
y comparte tus favoritos en las redes sociales!

PARA IR MÁS ALLÁ

FUENTES BIBLIOGRÁFICAS

- Browning, David Clayon, dir. 1969. "Christie". *Dictionary of Literary Biography. English and American*. Londres/Nueva York: J.M. Dent & Sons/E.P. Dutton & Co.

- Buck, Claire, dir. 2003. "Christie". *The Bloomsbury Guide to Women's Literature*. Nueva York: Bloomsbury.

- Chastenet, Jacques. 1965. *Winston Churchill et l'Angleterre du XXe siècle*. París: Fayard.

- Christie, Agatha. 2002. *Dix petits nègres*. París: Le Livre de Poche.

- Christie, Agatha. 2001. *Le Crime de l'Orient-Express*. París: Le Livre de Poche.

- Christie, Agatha. 1971. *Le Meurtre de Roger Ackroyd*. París: Le Livre de Poche.

- Christie, Agatha. 2007. *Une autobiographie*. París: Le Livre de Poche.

- Christie, Agatha. 2003. *Un meurtre sera commis le…*. París: Le Livre de Poche.

- Colectivo. 2003. "Christie" y "Roman policier". *Encyclopédie de la littérature*. París: Librairie

Générale française.

- Combes, Annie. 1989. *Agatha Christie: l'écriture du crime*. París: Les Impressions Nouvelles.

- Deleuse, Robert. 1991. *Les Maîtres du roman policier*. París: Bordas.

- Didier, Béatrice, dir. 1994. "Christie". *Dictionnaire universel des littératures*, vol. 1. París: PUF.

- Drabble, Margaret y Jenny Stringer, dir. 2007. "Christie". *The Concise Oxford Companion to English Literature*. Oxford: Oxford University Press.

- Eagle, David. 1970. "Christie". *The Concise Oxford Dictionary of English Literature*. Oxford: Oxford University Press.

- Évrard, Franck. 1996. *Lire le roman policier*. París: Dunod.

- Graitson, Jean-Marie, dir. 1994. *Les Cahiers des para-littératures. Tome 6. Agatha Christie et le roman policier d'énigme*. Lieja: Céfal.

- Laffont, Robert y Valetino Bompiani, dir. 1994. "Christie". *Le Nouveau Dictionnaire des auteurs de tous les temps et de tous les pays*, vol. 1. París: Robert Laffont.

- Laffont, Robert y Valetino Bompiani, dir. 1994. "La Mystérieure Affaire de Styles". *Le Nouveau Dictionnaire des œuvres de tous les temps et de tous les pays*, vol. 4. París: Robert Laffont.

- Larousse, "Grande-Bretagne: littérature britannique". Consultado el 27 de octubre de 2017. http://www.larousse.fr/encyclopedie/divers/Grande-Bretagne_litt%C3%A9rature_britannique/185924

- Lits, Marc. 1993. *Le Roman policier: introduction à la théorie et à l'histoire d'un genre littéraire.* Lieja: Céfal.

- Morgan, Janet. 1984. *Agatha Chrisitie, a Biography.* Londres: Collins.

- Mougel, François-Charles. 2000. *L'Angleterre au XXe siècle.* París: Ellipses.

- Queneau, Raymond, dir. 1958. "Roman policier". *Histoire des littératures*, tomo 3. París: Gallimard.

- Queneau, Raymond, dir. 1968. "Littérature anglaise". *Histoire des littératures*, tomo 2. París: Gallimard.

- *sir* Harvey, Paul, dir. 1967. "Christie". *The Oxford Companion to English Literature.* Oxford: Clarendon Press.

- Stalloni, Yves. 2006. "Policier". *Dictionnaire du roman*, París: Armand Colin.

- Steinbrunner, Chris y Otto Penzler. 1976. "Christie". *Encyclopedia of Mystery and Detection.* London/Henley: Routledge/Kegan Paul.

- Van Tieghem, Philippe, dir. 1968. "Christie". *Dictionnaire des littératures*, tomo 1. París: PUF.

FUENTES COMPLEMENTARIAS

- Bermúdez, María Elvira. 1984. *Détente, sombra*. México D. F.: Universidad Autónoma Metropolitana / Dirección de Difusión Cultural.

- Christie, Agatha. 2009. *Diez negritos*. Traducido por Orestes Llorens. Barcelona: RBA.

- El Festival Internacional Agatha Christie en Torquay. Consultado el 27 de octubre de 2017. http://www.agathachristiefestival.com/

DOCUMENTAL

- *The Essence of Agatha Christie*. Dirigido por Mathew Prichard, su nieto. Consultado el 17 de mayo de 2015. http://www.agathachristie.com/about-christie/mathew-on-christie/ Recoge reflexiones sobre la autora, su vida y sus influencias.

FUENTES ICONOGRÁFICAS

- Retrato de Agatha Christie. La imagen reproducida está libre de derechos.

- Piedra sepulcral de Agatha Christie y Max Mallowan en Cholsey. La imagen reproducida está libre de derechos.

- Estatua de Hércules Poirot en Ellezelles, Bélgica. La

imagen reproducida está libre de derechos.